AF246368

LE
VALEUREUX PETIT TAILLEUR

CONTE

PARIS

LIBRAIRIE FURNE

JOUVET ET Cie, ÉDITEURS

5, RUE PALATINE

M DCCC LXXXV

LE

VALEUREUX PETIT TAILLEUR

CONTE

SEPT D'UN COUP

*
* *

Dans une petite ville d'un petit pays, qui n'est pas, je crois, marqué sur la carte, vivait un petit tailleur appelé Romadour.

Ce nom euphonique ne serait sans doute jamais venu jusqu'à nous, sans les circonstances que je m'en vais vous dire.

*
* *

Un jour d'été, le sieur Romadour, les jambes en croix sur son établi, travaillait, selon sa coutume; et je vous assure que c'était plaisir de le voir tirer l'aiguille en conscience.

Avec ses petits doigts tors, il en eût remontré, pour la couture, à la plus perfectionnée des machines. Points croisés, points de côté, points de surjet, arrière-points ou piqués, tout cela, pour lui, n'était qu'un jeu.

Et tandis qu'il s'escrimait de la sorte, l'artiste se souriait à lui-même dans sa petite barbe effilée. Il songeait peut-être à certain mémoire qu'il devait présenter le lendemain à un beau damoiseau de la ville qui ne regardait pas trop au prix de la façon.

Le métier, en somme, lui paraissait bon, car Romadour n'était point de ces naïfs qui vous taillent niaisement un habit en plein drap, sans songer au profit des rognures intelligemment opérées. Aussi avait-il déjà plus d'un tiroir plein de ce qu'il appelait ses « coupons de retaille ».

*
* *

Une seule chose agaçait pour l'instant l'heureux couturier : c'étaient les mouches.

Comme il faisait extrêmement chaud, elles voletaient par essaims dans la pièce, bourdonnant sans cesse à ses oreilles, et parfois même poussant l'oubli des convenances jusqu'à lui chatouiller de leurs trompes le nez et la nuque.

A chaque moment, il fallait que notre homme battît l'air de ses bras, au risque de casser le fil ténu qu'il manœuvrait avec tant de souplesse. Or, ainsi qu'il arrive toujours en pareil cas, plus il se démenait et gesticulait, plus les bestioles ailées s'acharnaient contre sa personne.

Une sourde colère commençait à gronder dans l'âme du tailleur.

*
* *

Tout à coup, en levant les yeux, Romadour aperçut devant lui un petit tas d'insectes noirâtres qui, attirés sur son établi par quelques reliefs de victuailles, une ou deux pelures de pomme, je suppose, étaient en train de faire bombance à leur mode.

Cette fois, le tailleur se fâcha tout rouge. Il saisit un morceau d'étoffe, et frappa de toutes ses forces sur le groupe effronté des dîneuses.

O prodige ! Sept des mouches s'étaient trouvées assommées du coup !

Ce spectacle fut pour le tailleur un trait de lumière.

— Oh ! oh ! se dit-il, qu'est-ce que cela ? Je n'eusse certes jamais soupçonné qu'il y eût en moi un tel héros !

Puis, soudain, se frappant le front, il prit ses jambes à son cou, et courut tout droit chez le ferblantier.

*
* *

Qui fut émerveillé, le lendemain ? Ce furent les gens de la ville, en voyant monsieur le Tord-Jarret se promener superbement par les rues, la poitrine ceinte d'une luisante cuirasse sur le plastron de laquelle se lisaient, gravés en lettres d'or, ces mots mystérieux : *Sept d'un coup !*

Chacun pensa que le petit tailleur avait tué ses sept hommes d'un coup, et une admiration mêlée de crainte s'empara de tout le monde à cette idée.

*
* *

A LA COUR

Pour lors, régnait sur le pays un prince glorieux et respecté dont la renommée s'étendait au loin.

Romadour ne fit ni une ni deux. Il planta là ses ciseaux, son aiguille, son fer à repasser ; puis, affublé de sa luisante cuirasse et une longue rapière au côté, il se dirigea vers le palais du monarque.

7 à la fois.

Une fois là, il pénétra dans la cour du château, s'y coucha par terre et s'endormit.

Les valets, en allant et venant, aperçurent le chevalier à la belle armure, et lurent l'inscription d'or qu'il portait. Leur premier mouvement fut de s'étonner; le souverain n'était en guerre avec personne : que venait donc faire ce preux à la cour ?

Ce ne pouvait être, en tout cas, que quelque haut et vaillant personnage, à qui il n'aurait pas fait bon de marcher sur le pied.

*
* *

Survinrent quelques conseillers du prince, qui, à leur tour, considérèrent le tailleur endormi, et firent leur rapport à Sa Majesté.

Le roi, la reine et le jeune prince héritier voulurent voir aussi le noble inconnu, et, comme Romadour s'était couché justement sous l'une des fenêtres de la résidence, l'auguste famille n'eut qu'à écarter un rideau pour se donner la joie du spectacle.

— Par ma foi, dit le souverain à son épouse, ce héros me paraît précieux à garder. Nous sommes en paix, grâce au ciel; mais, si quelque guerre éclatait par hasard, il pourrait nous rendre de grands services.

*
* *

Immédiatement, un chambellan fut chargé d'aller quérir l'étranger. Romadour parut, le front haut, devant le roi, et, aux premières questions de celui-ci, il répondit en fort bons termes :

— Sire, j'étais venu précisément pour me mettre à la disposition de Votre Majesté, et, s'il plaît à Votre Majesté de m'offrir quelque emploi, je suis prêt à le remplir de mon mieux.

Le prince s'empressa de souscrire à la proposition du petit tailleur. Il lui fit donner un logement magnifique, avec des appointements à l'avenant, si bien que le sieur Romadour n'eut plus qu'à se laisser vivre oisivement au sein des honneurs et de l'opulence.

*
* *

Cependant les seigneurs de la cour ne tardèrent pas à jalouser le nouveau venu, qui semblait accaparer à lui seul la faveur du monarque, et bientôt ils ne songèrent plus qu'aux moyens de se débarrasser de l'importun.

Comme aucun d'eux, pris à part, n'osait s'attaquer à un adversaire capable de tuer ses sept hommes d'un coup, ils s'entendirent tous ensemble contre lui; mais ils avaient beau comploter et se creuser la cervelle, ils ne trouvaient aucun expédient pour en venir à leurs fins.

De guerre lasse, ils se présentèrent en corps devant le roi, et lui demandèrent la permission de se retirer de la cour.

Le roi fut très affligé de voir que ses plus fidèles serviteurs voulaient le quitter à cause d'un seul homme, et il commença de maudire le jour où il avait accueilli l'inconnu.

Mais, comment se défaire de celui-ci ? N'était-il pas à craindre que ce foudre de guerre, dont personne ne soupçonnait les antécédents ni la vraie qualité, ne taillât en pièces le souverain avec toute son armée, et ensuite ne s'emparât de la couronne ?

*
* *

Après s'être bien cassé la tête, le prince finit par imaginer une ruse qui lui semblait propre à le tirer d'embarras sans l'exposer au moindre danger.

Il manda donc devant lui Romadour, et lui parla à peu près en ces termes :

— Je sais qu'il n'est point au monde de guerrier qui t'égale en courage et en force. Eh bien, le moment est venu pour toi de me prêter l'appui de ton bras. Il y a dans la forêt voisine deux géants qui sont l'effroi du pays. Chaque jour ils volent, assassinent, incendient à leur aise. Personne ne se sent de taille à les attaquer; ils ont tué tous ceux qui ont essayé de le faire. Veux-tu nous délivrer de ces bandits? La tâche n'est pas, je suppose, au-dessus de ta vaillance... Si tu réussis, tu auras en mariage la princesse ma fille, et, pour dot, la moitié de mon royaume. Je vais te donner comme auxiliaires une escouade de cent cavaliers.

*
* *

Qu'on juge de l'effet de ces paroles sur le petit tailleur.

Pour la seconde fois de sa vie, il se sentit tout transfiguré. Comme le jour où il avait occis les sept mouches d'un coup, il eut un éblouissement intérieur qui l'emplit d'allégresse et d'orgueil.

Devenir le gendre d'un roi, régner sur la moitié d'un empire... quel rêve pour un chevalier de l'aiguille!

Aussi fut-ce du ton le plus assuré qu'il répondit au gracieux monarque :

— Sire, je suis à vos ordres. Je vous débarrasserai de ces géants, et il ne sera même pas nécessaire que vos cent cavaliers se mêlent de la chose.

*
* *

Il dit, et, sans plus hésiter, il se dirigea vers l'endroit qui servait de repaire aux bandits.

L'escouade des cent cavaliers le suivit toutefois, sur l'ordre du roi ; mais, arrivé à l'entrée de la forêt, le petit tailleur enjoignit à ses hommes de l'attendre en dehors du fourré, et, bravement, délibérément, il pénétra seul dans le bois.

*
* *

LES DEUX GÉANTS

Voilà donc le sieur Romadour cheminant, l'œil au guet, à travers le taillis, pour tâcher de découvrir les brigands.

Il rôda longtemps par le massif sans apercevoir d'autres êtres animés que quelques lièvres aux longues oreilles que son approche mettait en déroute.

Toutes sortes d'oiseaux chantaient dans les branches; mais il s'agissait bien de chansons!

— Holà! se disait déjà le tailleur, fatigué d'écarquiller sa prunelle, est-ce que le roi se serait moqué de moi?

Comme il se faisait cette réflexion, un bruit étrange frappa son oreille. On eût dit d'un roulement lointain de tonnerre.

Romadour regarda en l'air. Pas la moindre apparence d'orage; l'azur du ciel était sans tache.

*
* *

Il continua tout bonnement de marcher dans la direction d'où le bruit semblait venir. Plus il avançait, plus le grondement singulier prenait de force. Bientôt il fut si violent qu'on eût cru que la forêt tout entière se transformait en un soufflet de forge.

Tout à coup, au détour d'un sentier, le tailleur s'arrêta court. Devant lui, au pied d'un grand arbre, deux énormes corps étaient étendus, remplissant toute la clairière de leur masse.

C'étaient les deux géants, endormis côte à côte sur l'herbette. Ils ronflaient à l'unisson d'un tel cœur, que les feuilles des arbres, tout alentour, s'agitaient et crépitaient comme si elles eussent été secouées par un vent de tempête.

*
* *

— Bon! fait le tailleur; je tiens mes gaillards!

Là-dessus, il se recule de quelques pas, à seule fin d'éviter le courant d'air qui s'échappait en rafale des énormes bouches entr'ouvertes comme des soupapes; puis, se baissant, il ramasse par terre des cailloux, en bourre ses poches, et grimpe sur l'arbre au pied duquel les géants étaient couchés.

De là, il commence par envoyer de toutes ses forces une bonne pierre sur le nez de l'un des dormeurs.

Celui-ci s'éveille sous le choc, et, interpellant son camarade, il lui demande d'un ton irrité pourquoi il lui a donné un coup de poing.

L'autre ouvre un œil hagard, et répond en balbutiant qu'il ne l'a pas fait exprès, que ce sont de ces choses qui arrivent quand on dort, et qu'il n'y a pas de quoi se fâcher.

Et les deux compagnons de se remettre à ronfler.

*
* *

Au bout de quelques instants, le tailleur prend derechef une pierre, et la lance sur le nez du second géant.

Ce dernier se redresse en sursaut, et, secouant son camarade de lit :

— Ah çà! as-tu fini de me bourrer, à ton tour?

L'autre jure, au milieu d'un bâillement, qu'il ne sait pas de quoi il s'agit; peut-être a-t-il eu, lui aussi, en dormant un mouvement un peu brusque; mais, pour sûr, on ne peut pas dire qu'il y ait mis de méchante intention.

— C'est bon, fait l'ami, nous sommes quittes!

Les Goliaths s'allongent de nouveau sur l'herbe, en se tournant le dos pour plus de précaution, et les deux tuyaux d'orgue recommencent à souffler.

*
* *

Le petit tailleur attend une minute; puis, tirant de sa poche une

y à la fois.

troisième dragée, il l'envoie dru sur l'oreille du premier géant, laquelle en devient immédiatement rouge comme un coquelicot.

— Ah ! cette fois, c'est trop fort ! s'écrie le dormeur en faisant un bond de carpe.

Et, sans perdre son temps à jaser, il tombe à coups de poing sur son camarade.

Le camarade regimbe sous la grêle, et le voilà ripostant de son mieux, et dans la même langue.

*
* *

Après s'être roulés un moment par terre en se gratifiant mutuellement de horions, les deux géants se remettent sur leurs pieds, et arrachent chacun, en guise de massue, un des troncs voisins.

Le pis, c'est que l'un d'eux se choisit justement pour trique l'arbre sur lequel était juché le tailleur.

Tout autre que le sieur Romadour eût été fort gêné de l'aventure ; mais, lui, ne s'embarrassa pas pour si peu.

Il se contenta de faire un pied de nez moqueur au géant, et, au moment même où ce dernier se mettait à l'épaule le chêne

arraché, en un tour de main il saisit prestement une des maî-
tresses branches de l'arbre voisin, et sauta dessus sans être aperçu.

*
* *

De ce nouveau poste, il n'eut plus qu'à regarder la lutte titanique
des deux camarades, et jamais spectacle ne l'amusa plus.

Le couple de monstres y mit tant d'entrain que le tailleur riait à
s'en tenir les côtes.

Peu s'en fallut même qu'à force de rire, il ne se laissât choir, la
tête la première, du haut de son arbre : ce qui eût sans doute gâté
ses affaires.

Sous le choc des énormes massues, les os des deux adversaires
craquaient ; les morceaux de chair saignante volaient par les airs,
une oreille par ci, une mâchoire par là.

Bref, c'était un duel sans pareil, qui durerait peut-être encore
à cette heure, s'il ne se fût terminé tout d'un coup, faute de combat-
tants,... les deux géants, à force de se rosser, s'étant exterminés mutuellement.

*
* *

Quand le petit tailleur vit que ses Goliaths demeuraient étendus par terre comme des souches, il devina tout de suite que les deux gaillards étaient atteints dans leurs œuvres vives, et, sautant allègrement de son arbre, il s'approcha des corps mutilés.

— Bon, fit-il après les avoir examinés, mes drôles ont fini de ronfler pour toujours.

Ce disant, il tira son glaive, et leur taillada la peau par endroits, pour qu'on vît bien qu'il les avait passés l'un et l'autre au fil de l'épée ; puis il se hâta de sortir du bois.

Dès que les gens de l'escouade l'aperçurent, ils lui crièrent d'un ton narquois :

— Eh bien, et les géants ?

Romadour montra du doigt la forêt.

— Vous les avez vus ?

— Comme je vous vois.

— Et tués ?

Il fit signe que oui.

3

*
* *

Les hommes s'entre-regardèrent d'un air indécis.

— Eh bien, reprit Romadour, d'un air imperturbable, ne vous assurez-vous point de la chose par vous-mêmes? Ne craignez rien. Je marche en avant.

Après s'être consultés un instant, les cavaliers pénétrèrent avec lui dans le fourré, et quelle ne fut pas leur stupéfaction de trouver en effet le couple de bandits inanimé au milieu de la clairière !

A cette vue, ils furent pris d'un telle peur, qu'ils tournèrent bride au plus vite et s'en furent d'une traite jusqu'au château, non sans regarder plusieurs fois derrière eux si le terrible pourfendeur de géants, qu'ils avaient eu l'imprudence de railler, ne galopait pas à leurs trousses.

*
* *

LA LICORNE

Le petit tailleur revint trouver le prince, et pria humblement Sa Majesté de vouloir bien lui accorder la récompense convenue, à savoir la main de sa fille avec la moitié du royaume en dot.

Le monarque, pris à son propre piège, ne savait plus comment en sortir.

Maintenant qu'il était débarrassé des géants, il eût bien voulu voir à tous les diables le héros qui l'en avait délivré.

De nouveau, donc, il usa d'artifice.

— Écoute, dit-il au tailleur, j'ai encore besoin que tu me rendes un service. Il y a, dans une autre forêt, près d'ici, une licorne qui fait d'horribles ravages. Capture-la, et tu seras mon gendre.

*
* *

Le bon Romadour ne raisonna pas. Il prit une corde, et, toujours suivi des cent cavaliers, il se rendit au lieu indiqué.

Là, il dit encore à ses gens de l'attendre sur la lisière du bois, et le voilà partant seul en guerre contre la licorne, comme il avait fait contre les géants.

*
* *

Après un petit quart d'heure de recherches, il découvrit l'animal, qui se rua furieusement sur lui, la corne en arrêt, pour le transpercer.

Le tailleur, sans se déconcerter, attendit que la licorne fût tout près de lui ; puis, faisant un bond de côté, il s'effaça derrière un arbre qui se trouvait là juste à point pour lui servir de bouclier.

La bête, lancée à fond de train, ne put arrêter son élan. Elle alla donner de la tête avec une telle force contre le tronc qu'elle faillit le traverser de part en part, et que sa corne y resta fichée sans qu'elle pût l'en retirer.

*
* *

Le tailleur alors sortit de sa cachette, et, tandis que l'animal se démenait et s'épuisait en efforts impuissants pour se dégager, il lui passa sa corde autour du cou. Cela fait, il n'eut plus qu'à l'attacher solidement au tronc ; après quoi, il alla rejoindre ses compagnons de chasse, qui feignirent d'être ravis de sa victoire.

*
* *

Quant au prince, il pensa suffoquer de dépit, en apprenant le nouvel exploit du tailleur.

Quelle réponse faire à ce terrible jouteur, qui, de nouveau, lui rappelait humblement sa promesse ?

Pour la troisième fois, il eut recours à la ruse.

— Je n'ai qu'une parole, dit-il au héros. Ma fille n'aura pas d'autre époux que toi ; mais, auparavant, il faut que tu achèves de mettre le comble à ta gloire en purgeant ce pays d'un dernier monstre qui le désole depuis des années. C'est un énorme sanglier, un sanglier vraiment sans pareil, — j'en frémis rien que d'y penser, — qui hante également une forêt en semant l'épouvante à la ronde. Prends-le, et la noce se fera sur-le-champ. Je mets à ta disposition mon train de chasse tout entier.

*
* *

LE SANGLIER

Romadour s'inclina sans mot dire, quoiqu'il fût assez peu édifié au fond de la manière dont le gracieux monarque en usait avec lui.

Il se mit en route, accompagné de toute la vénerie royale, et, arrivé près de la forêt, il ordonna, comme précédemment, à sa suite de l'attendre au dehors.

Les chasseurs ne se firent point prier pour obtempérer à cette injonction. Ils ne tenaient pas le moins du monde à risquer leur peau contre le fauve. Plus d'un d'entre eux avait failli déjà se faire découdre par lui, sans parler de maint téméraire qui s'était fait découdre en effet.

Aussi virent-ils avec une satisfaction mal dissimulée l'audacieux Romadour s'enfoncer seul dans le fourré, d'où, selon toute apparence, il était destiné à ne jamais revenir.

*
* *

A peine le tailleur eut-il fait quelques centaines de pas dans le bois qu'il découvrit l'animal en question. L'animal découvrit, lui aussi, le tailleur.

Or, voir son homme et lui courir sus, ce fut tout un pour le sanglier.

Certes, le roi n'avait point menti. Ce solitaire était, par le fait, le plus formidable porte-hure que l'on pût rêver.

Les soies hérissées de son dos ressemblaient à des ardillons de porc-épic ; de sa gueule ouverte l'écume ruisselait, et ses défenses, pareilles à des dagues luisantes, disaient clairement : Ne vous y frottez pas !

*
* *

Aussi le tailleur n'eut-il pas un instant l'idée de s'y frotter. Bien au contraire, dès qu'il vit que la bête courait de son côté, il s'empressa de détaler en sens opposé, aussi vite que peut courir un humain.

Mais le sanglier n'était pas boiteux, et le serrait de près.

Par bonheur, il y avait dans cette partie de la forêt une vieille chapelle à demi ruinée, où l'on était venu jadis en pèlerinage, et qui n'était plus pour l'instant qu'un rendez-vous de grillons et de cloportes.

Le tailleur, en l'apercevant, eut une inspiration digne de lui.

*
* *

La porte en était ouverte. Romadour saute d'un bond dans l'édicule, mais il ne fait que le traverser.

En effet, en face de la porte, il y avait une fenêtre sans vitre. D'un autre bond, le tailleur s'élance à travers l'ouverture, si bien qu'il se retrouve hors de la chapelle presqu'en même temps qu'il y est entré.

*
* *

Le sanglier, qui galope derrière lui, se précipite naturellement sur ses traces ; mais mal lui en prend de la manœuvre, car, aussitôt, l'avisé tailleur, obliquant le long de la masure, se glisse vivement vers la porte et la referme d'un bon coup de poing, emprisonnant l'animal dans le sanctuaire.

Il rejoint ensuite ses compagnons, à qui il annonce que le fauve est pris.

Les veneurs n'osent en croire leurs oreilles.

— Oh ! pour cette fois, il se moque de nous, dit l'un d'eux à ses camarades.

— Où est la bête ? demande un second.

— En cage, réplique Romadour, et je vais vous la montrer à l'instant.

La troupe pénètre sous bois et arrive à la chapelle en question. L'infortuné porte-groin s'y livrait à des piétinements furibonds, sans pouvoir trouver le secret de la sortie.

A cette vue, les chasseurs du roi n'en demandent pas plus long

7 à 1a

au tailleur. Ils piquent des deux et s'en vont ventre à terre raconter la chose à leur maître.

**
* **

S'il y eut jamais sous le soleil un prince ennuyé, vexé, désolé, ce fut certainement le gracieux monarque qui avait promis sa fille au tailleur avec la moitié de son royaume par surcroît.

Vous pensez bien que, si ledit monarque avait pu se douter que son héros n'était qu'un vulgaire chevalier de l'aiguille, il l'aurait pendu haut et court, plutôt que de l'accepter pour gendre; mais il était à plusieurs centaines de lieues de soupçonner les très humbles antécédents de l'homme qui avait pour devise : *Sept d'un coup!* et qui venait de donner à trois reprises des preuves si extraordinaires de vaillance.

Manquer encore une fois de parole à un tel tranche-montagne, n'était-ce pas encourir son inimitié et exposer le royaume tout entier à sa perte?

Bon gré, mal gré, le souverain dut donc célébrer la noce, et je

4

vous laisse à penser si le petit tailleur, pour qui l'affaire était tout profit, fut content de devenir une moitié de roi.

*
* *

EN RÊVE

La chronique raconte qu'au dîner nuptial figurèrent, en guise de trophées, la barbe des géants, le bois de la licorne et la hure du sanglier sans pareil dont Romadour avait purgé la contrée.

Malgré cela, le repas fut triste. La mariée était toute songeuse, le roi et la reine son épouse montraient une figure à l'envers, et les seigneurs, fort embarrassés, ne savaient s'il fallait rire ou pleurer.

Seul le petit tailleur, sans souci de tous ces visages moroses, donnait un libre cours à sa joie. Le torse ceint de sa belle cuirasse, il mangea et but « comme sept », et je n'aurais pas fini demain matin si je vous répétais tous les traits d'esprit qui jaillirent de sa cervelle en liesse.

*
* *

Quelques semaines s'écoulèrent, le jour succédant à la nuit, la pluie au soleil, et réciproquement, comme cela se voit en tous les pays. Le petit tailleur, en possession de sa principauté, ne s'acquittait pas plus mal de sa tâche que n'importe quel monarque de la terre.

Ses receveurs percevaient les impôts, ses juges rendaient la justice, et ses courtisans le saluaient jusqu'à terre. Qu'il sortît de son palais ou qu'il y entrât, les choses se passaient selon la coutume : les tambours battaient, les trompettes sonnaient, et les chiens aboyaient.

En vertu de sa royale toute-puissance, Romadour avait ordonné à sa femme de l'adorer comme il le fallait, et la princesse adorait Romadour, tout en soupirant à cause des jambes torses de son auguste seigneur et maître.

*
* *

Or, une nuit que le sire *Sept-d'un-Coup* reposait aux côtés de son épouse, celle-ci, qui était éveillée, s'aperçut qu'il parlait en dormant.

Elle prêta l'oreille, et voici les propos plus que singuliers qu'elle entendit sortir de sa bouche :

— Allons, garçon, achève ce gilet ; ensuite tu me coudras cette culotte... Dépêche-toi, Pique-Prune, où je te caresse la nuque à coups d'aune !

*
* *

Ce langage dénué de majesté plongea tout d'abord la jeune reine dans un abîme de stupéfaction. Néanmoins, comme elle n'était pas des plus sottes, elle finit bientôt, en y réfléchissant, par trouver le mot de l'énigme.

— Bonté divine ! se dit-elle à part soi, en se retournant du côté de la ruelle, je suis tout bonnement la femme d'un tailleur ! Je m'explique à présent que le gendre de mon père ait les mollets en forme de vilebrequin !

Là-dessus elle se rendormit, mais avec le ferme propos de donner à l'affaire toute la suite qu'elle lui semblait comporter.

*
* *

Dès le lendemain matin, en effet, elle se rendit auprès de son père, et lui fit part de sa découverte.

— Vous voyez, dit-elle en pleurant, quelle sorte de mari vous m'avez imposé ! Un rapetasseur ! un coupe-chiffes ! Je ne veux pas subir cette honte plus longtemps ; vite, venez à mon secours.

On devine quel fut le désespoir du monarque lorsqu'il apprit ce qu'il en était. Sa fille unique mésalliée de cette façon ! Son infante chérie la femme d'un tailleur ! Voilà qui était mille fois pis que tous les géants, toutes les licornes et tous les sangliers de la terre.

*
* *

Mais comment remédier à ce malheur ? Le roi réfléchit un instant ; puis, prenant le menton de la princesse, et le lui caressant doucement de la main :

— Écoute, mignonne, lui dit-il ; voici, je crois, ce qu'il convient de faire. La nuit prochaine, aie soin d'ouvrir la porte de ta chambre à coucher. Quelques-uns de mes gens se tiendront près du seuil. Ton mari ne manquera pas, sans doute, de répéter les paroles qu'il a déjà prononcées en rêve... Là-dessus, mes serviteurs entreront et, séance tenante, le tueront.

La jeune reine trouva l'idée excellente et promit de se conformer aux instructions de son cher père.

*
* *

Par malheur, dans le palais des rois, les murs mêmes ont des oreilles. Le monarque et sa fille l'avaient oublié.

En effet, un écuyer du château avait entendu par hasard le complot tramé contre *Sept-d'un-Coup* ; et, comme c'était un homme affectionné à ce dernier, il courut lui conter la chose tout au long, en le priant de se bien garder.

L'autre le remercia chaudement, et lui dit en le congédiant :

— Sois tranquille, je sais ce que j'ai à faire.

*
* *

La nuit venue, Romadour alla se mettre au lit à l'heure habituelle, et bientôt il eut l'air de dormir profondément.

La princesse alors se leva sur la pointe du pied, ouvrit la porte de la chambre, et revint se coucher sans faire de bruit.

Un instant après, Romadour se mit à dire comme en rêve, mais d'une voix assez haute pour que les hommes postés près du seuil pussent l'entendre distinctement :

— Garçon, couds-moi cette culotte! Pique-moi ce gilet! Allons! vite, ou je te caresse les oreilles de mon aune! Têtebleu! je m'appelle *Sept-d'un-Coup!* J'ai crevé la panse aux deux géants, j'ai mis à l'attache la licorne et encagé bel et bien le sanglier! Je vous demande un peu ce que j'ai à craindre de ceux qui se tiennent là près de ma porte!

*
* *

A peine eut-il lâché ces paroles que les hommes du roi, pris d'une terreur folle, détalèrent comme s'ils avaient eu mille diables à leurs trousses.

*
* *

La fin de l'histoire, la voici. Jamais il ne se trouva plus personne pour oser s'attaquer au roi-tailleur, si bien que le brave Romadour garda sa femme jusqu'à ce qu'elle mourût, et sa couronne jusqu'à ce qu'il mourût lui-même.

FIN DU VALEUREUX PETIT TAILLEUR.

1896-84. — CORBEIL. TYP. ET STÉR. CRÉTÉ.